U0023856

拾穗集

舒蘭

——著

拾穗集

〈1〉
晚風拿一枝蘆葦當筆
靜靜地描繪夕陽

〈2〉
夜像一群孔雀
星星是牠們羽毛上的眼睛

〈3〉
清晨的鳥聲
像嬰兒呀呀學語

〈4〉

生老病死是人生的節奏

悲歡離合是人生的旋律

〈5〉

愛情的花朵很美

也很需要細心照顧

〈6〉

人的感情像酒含的酒精度

濃淡味道各有不同

〈7〉

名利清高
同樣都怕炫耀

〈8〉

經驗在現代
有效期越來越短

〈9〉

銀行裡有錢
書本裡有智慧

〈10〉

在陽光照耀下
小河洛像一條大魚

〈11〉

玉米最愛笑
一笑全部牙齒都露出來

〈12〉

西瓜的肚子最大
除了肚子什麼都沒有了

補「拾穗集」舒蘭

〈1〉

夜是天空的皇冠
鑲滿星星鑽石

〈2〉

珊瑚說
在我枝頭上停的是魚

〈3〉

作人像練字
一點也不能馬虎

〈4〉

生旦净末丑
同好不同調

〈5〉

我的職業是我的生活
我的事業是我的理想

〈6〉

我的享受是成就
沒有成就沒有享受

1

晚風拿一枝蘆葦畫筆

靜靜地描繪夕陽

2

夜像一群孔雀

星星是牠們羽毛上的眼睛

3

清晨的鳥聲

像嬰兒呀呀學語

4

生老病死是人生的節奏

悲歡離合是人生的旋律

5

愛情的花朵很美

也很須要細心照顧

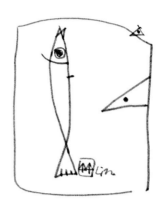

6

人的感情像酒含的酒精度

濃淡味道各有不同

7

名利清高

同樣都怕炫耀

8

經驗在現代

有效期越來越短

9

銀行裡有錢

書本裡有智慧

10

在陽光照耀下

小河活像一條大魚

11

玉米最愛笑

一笑全部牙齒都露出來

12

西瓜的肚子最大

除了肚子什麼都沒有了

13

早晨是洗面革心
從頭做起最佳時機

14

中國字很神
形音義三位一體

15

知道感恩
已經邁進得救的大門

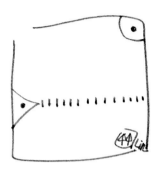

16

中國字一看就明白
上字是向上下字是向下

17

一個字能使天下大亂
像唯心唯物都多一個「唯」字就是

18

自滿與自卑
就是過與不及

19

鄉村的美像小家碧玉
城市的美像大家閨秀

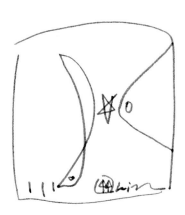

20

最美的夜
是天上的繁星像海面的漁火

21

因為弱肉強食
所以君子當自強不息

22

生活像一部書
講品質首要是內容

23

西方人把愛情掛在嘴上
東方人把愛情放在心裡

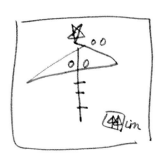

24

什麼樹結什麼果
人也一樣

2014/08/22

25

在精神食糧中
詩的營養最豐富

26

小說是情節感人
詩是情感感人

27

情感是火

玩火必會燒身

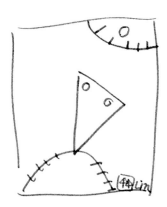

28

數不清的東西

是沒有答案的問題之一

29

風水先生是實用派美學家
他們叫風景叫風水

30

面試的門面學問
是第一印象

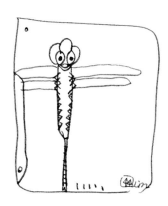

31

詩是無聲的音樂

音樂是有聲的詩

32

內在美

會隨年齡愈長愈美

33

窮人讀書會富

富人讀書能貴

34

用歌聲表現歌的本身的是歌唱家

用歌聲表現個人才華的是唱歌的

35

說人生如戲的是哲學家

說人生如夢的是詩人

36

以戰止戰

是以毒攻毒

37

追求

是上進的表現

38

陽光

是真善美的象徵

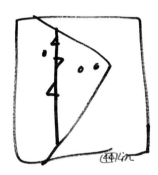

39

鳥為自己而唱
花為自己而開

2014/09/01

40

自己教育自己
是最好的教育方式

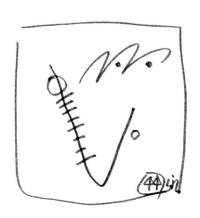

41

人的價值
決定於對群體的貢獻

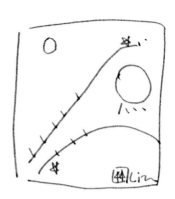

42

燈是夜的眼睛
也是夜最美的地方

43

春天是戀愛的季節
動植物都想談個戀愛

44

戀愛的算術像魔術
兩個變一個一個變兩個

45

戀愛故事最動人
所以大家最愛聽

46

多看日出
少看日落

47

江河是大地的血管
海洋是大地的心臟

48

跳不過龍門
永遠是條鯉魚

49

戰爭雖然慘酷
卻使人類進步

50

孔孟只教我們修身
未教我們養身

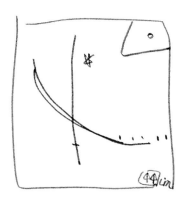

51

向榮

是天地萬物的通性

52

看來字字皆是血的

是後主的詞

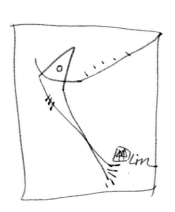

53

看來字字皆是淚的
是滿江紅

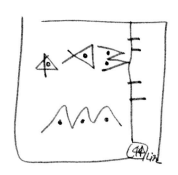

54

好的詩詞
都是以血淚寫成的

2014/09/05

55

笑是美容聖品
而且不用錢買

56

藝術能美化人生
小丑經過美化也美

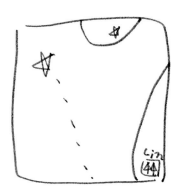

57

舞蹈是肢體語言

一場舞蹈等於一場演講

58

人生猶如浮雲

聚散無常

59

事有兩類

一是利害一是該與不該

60

貪字

能使人耳不聰目不明

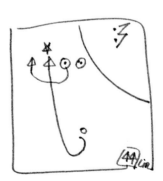

61

人有共同愛好

才能玩到一起

62

從前人過四十大壽

現代人四十還是小朋友

63

老來記得最清楚的
反而是兒時的人和事

64

人有脾氣
天有天氣

65

胡想亂想奇想狂想都是幻想瞎想白想空想

能夠努力實現的只有理想

66

時間能幫人成事

也能幫人敗事

67

因為五個指頭長短粗細不同
所以手很靈活

68

人分聖賢豪傑平庸愚劣
所以社會和諧

69

發明創造

是人類的驕傲

2014/09/10

70

哲理詩是語錄體

是詩中詩

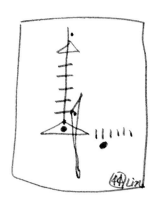

71

詞是文學鑽石
只有中國才有

72

戲劇只演過去
不演未來

73

復古不是古

也是創新

74

愛和慾不同

心的位置就不同

75

最美的花蝴蝶

是最醜的毛毛蟲變的

76

萬物皆有情

愛情是至情

77

中國一直重男輕女
還是出了很多才女

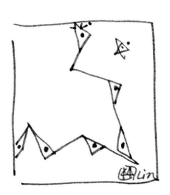

78

最好悲劇變喜劇
不要喜劇變悲劇

79

既然我來到這個世界

這個世界就永遠是我的家

80

想出頭

先埋頭

81

豐富的精神食糧遺產
豐富了我們的精神生活

82

「起來」和「向前走」
激發了我們民族的羞恥心

83

人無志
像船無舵

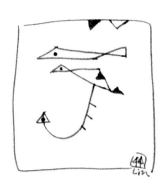

84

無管短跑長跑
上了跑道就該全程跑完

2014/09/15

85

家家有本難念的是生活經
是眾經之經

86

人的思維像蠶絲
千萬亂不得

87

愈是微不足道的數目
愈要用高深的數學演算

88

鴉片是良藥
貪吃成毒品

89

樂天派是樂觀主義者
他們的心胸像江海一般開闊自在

90

靠山靠海
還要靠天

91

造福鄉里的是賢人
榮耀鄉里的是能人

92

和學習在一起
天下無難事

93

含羞是一種美
含羞草表現的最動人

94

相信善良擁抱善良
福在其中

95

脾氣是魔鬼

脾氣來了就是魔鬼纏身

96

常作反省

就是常作身心健康檢查

08.12.01

97

賺錢困難
花錢舒服

98

自以為有錢的人
其他比誰都窮

99

不順的時候就是不順
該信邪的時候就要信邪

2014/09/20

100

格言和詩
是姐妹花

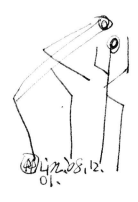

101

愛情是兩情相悅

是偶數（不是單數多數）

102

有理走遍天下的

是數理化

103

人能製造出原子彈航空母鑑

不能製造出一隻蚊子一棵小草

104

我們喜歡美好

就從本身作起

105

宇宙的深奧偉大

不是人類所能想像理解的

106

私心用在私處

是好心

107

儒家的思想最大眾化

對大眾貢獻也最大

108

夏之聲全是天才

蟬青蛙蟋蟀都很有名

109

凡是到這世上來過的人
對這世上都有一份牽掛

110

立功立德立言的人
是超人

111

文學是生活的茶

茶香是書香

112

沒有豐富的感情

沒有豐富的文學

113

只有一種人可以升天
善心人

114

藝術是食物鹽
缺則乏味

2014/09/27

115

一群摘星的少年走了
又來一群

116

人和人最大不同之處
是在無形的地方

117

造物主創造的生命

都有延續生命的本能

118

環境影響人

人也影響環境

119

愛兜圈子的人
很難走出一條路來

120

西方科學興盛
東方哲學昌明

121

人生三部曲

求學　立業　成家

122

牛耕田馬拉車

早已成為歷史

123

鳩佔鵲巢

是一齣幽默默劇

124

人的耐性大

彈性也大

125

人生不如意事十之八九

都等著你去改變

126

看到鮭魚逆流而上

人也該活出個樣來

127

鼓勵像拉風箱
有助燃作用

128

不要把昨天當作今天
也不要把今天當作明天

129

不二過不難
不犯過很難

2014/10/03

130

心裡有神
就不會有鬼

131

愛面子是要臉
比不要臉好

132

優美的性格
養成於謙讓

133

輕視別人
那是自己沒有份量

134

在書上錯一個字
出一千冊錯一千個

135

「槽頭興旺」的時代已經過去
「五世其昌」也不流行

136

小詩是用含蓄的手法很少的字數
表現一個完整的意念而回味無窮

137

不想來也得來不想走也得走

是這裡的規矩

138

要享受生命

就要提升生命

139

錢財是身外物
身子得依靠它

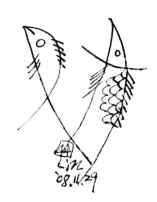

140

水清無魚
人太乾淨成潔癖

141

專心去作一件事
這件事一定會成

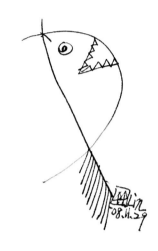

142

各種遊戲有各種規則必須遵守
人生也是一樣

143

日行一善不是童子軍的專利
是作榜樣

144

人性有惡有善
要除惡揚善不是隱惡揚善

2014/10/18

145

知識是財富
財富不是知識

146

日出像青年
日落像老年

147

現實能改變人

人也能改變現實

148

脾氣不好

是不健康的表現

149

中國字像畫
傘字像傘山字像山

150

作好事很高興
作好人更快樂

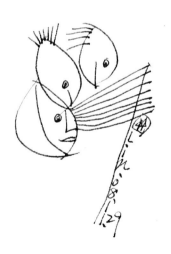

151

風景如畫

人在風景裡就是在畫裡

152

事在人為

人也在人為

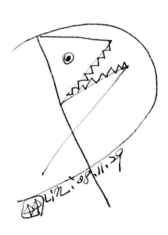

153

潮來像千軍萬馬
潮退像戰後戰場

154

寫作是條山路
很少人能走出來

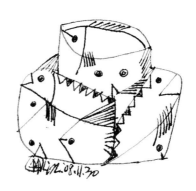

155

物質和精神的關係

燭大光大燭小光小

156

善良

是最好的人品

157

什麼樣的時代

產生什麼樣的文學作品

（虹）LIN：08.11.24

158

賭是古老的娛樂

賭城是新興流行的行業

159

什麼樣的時代

產生什麼樣的風雲人物

2014/10/25

160

這年頭懷鄉病少

移民症多

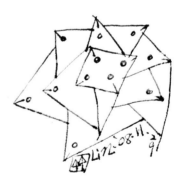

161

不甘寂寞與不甘熱鬧是不冷不熱

證明人很正常

162

蛇沒有腿會跑

飛鼠沒有翅膀會飛

163

生活是共同語言

全世界一樣

164

富人必須有一顆慈善心

有一顆慈善心的不一定是富人

165

人生像一場球賽
看的是過程

166

山水畫看美醜
人物畫看精神

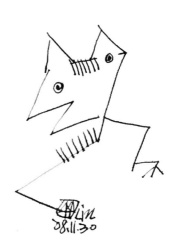

167

簡筆畫愈簡愈妙

繁筆畫越繁越好

168

寫實寫意

各有千秋

169

戲臺念舊
出沒都是歷史人物

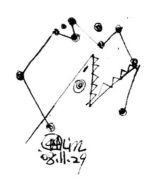

170

這個世界就是這麼可愛
思想家他留下思想發明家為他留下發明

171

人生只有向上走一條路
永遠不會後悔

172

揀拾遺落的麥穗
彷彿揀拾遺落的汗珠

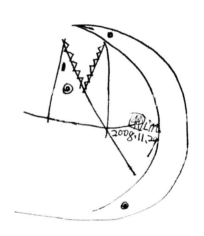

173

現代最發達的腦
是電腦

174

眼前最發達的路
是網路

2014/10/30

175

只有用力
才知道自己有多大力氣

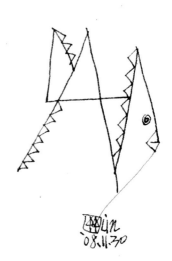

176

荒廢的時光像丟掉的金錢
沒有發揮出它的效用可惜

177

習慣像鐘擺

自動又有規律

178

太懶怠像欠太多債

太勤快像撈過界

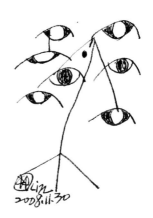

179

在工作中的人
特別受人尊重

180

最好聽的聲音
是笑聲

181

有健身房
就該有健心房

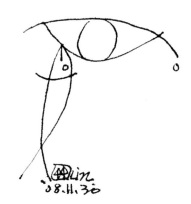

182

教育普及
土文盲洋文盲都逐漸減少

183

現代的鄉巴佬

都住在觀光地區

184

人要肚子裡有學問

口袋裡有錢

185

尊重別人

就是尊重自己

186

事可以不作

人不能不作

187

我鄉有句很不禮貌的土話值得三思

「你是幹什麼吃的」

188

一位好聽眾

什麼話都能聽進去

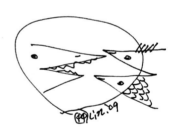

189

聽得多

比說得多有益

2014/11/01

190

人和自然是一體的

人是自然的一部分

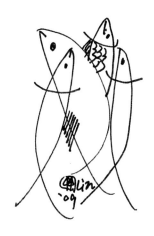

191

人是群體動物
群體利益第一

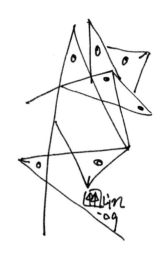

192

人活在自然裡
也活在自己的思想裡

193

人活著不容易

活得有意義有價值更難

194

生命是由愛產生的

生命即是愛

195

現在是大愛的時代
大愛是由一個個小愛結合而成的

196

在苦難中成長的人
精神都很富有

197

苦是大力丸

吃下去就有力

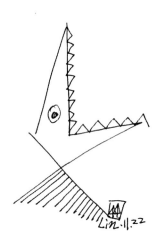

198

同時代的人像搭同一班飛機

頂多是艙位的差別

199

人都希望一天比一天好
只要這樣想這樣作就會實現

200

人像一隻皮球
必須要有足夠的氣

201

我知道先天給我的不多
我要用後天的把他補上

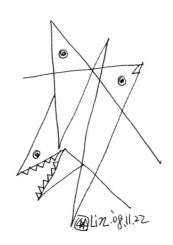

202

我不會忘
讓思想行為走在一起

203

要知道什麼時候說什麼話
也要知道什麼時候聽什麼話

204

從前人只知祈求自家平安
現代人知道祈求大家平安

2014/11/05

205

物質不滅

精神不死

206

一個民間故事

可能成為民間信仰

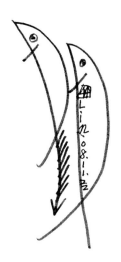

207

要給別人打氣

也要給自己打氣

208

結婚最好戀愛

戀愛最好結婚

209

愛情與事業
不是魚與熊掌

210

很多聰明人作傻事
很多傻人作聰明事

211

在災難的歲月
鄉人常以「好死不如賴活」相互勉勵

212

內視
是美學上容易忽略的課題

213

先安心把第一個字寫好

再這樣一個一個寫下去

214

一念能讓人上天堂

一念能讓人下地獄

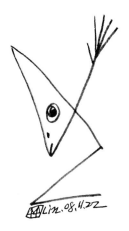

215

人在三歲以前沒有記憶

史在沒有文字以前沒有記載

216

科學

是印證神學的一門學問

217

澎湖群島
是世外桃源

218

澎湖人男捕女耕
漁村也是農村

219

一個地方很熟啦
也就有了感情了

2014/11/05

220

社會是學校是染缸
由你決定

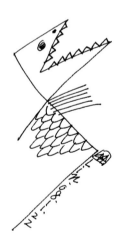

221

現在是超音速飛機航空母鑑

子彈火車高速公路時代

222

求知是為自己

也為社會

223

每一個人都像一本章回小說
有起有伏有苦有樂

224

只有種田人
才知泥土香

225

網路是一條新路
而且四通八達

2014/11/15

226

看到很多人被聰明誤
也就不再嫌自己生的笨了

227

你不會和別人一樣
所以也就別想別人和你一樣

228

最能傷人的兩樣東西
一是金錢一是感情

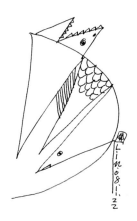

229

評頭論足

在我國可是一門大學問

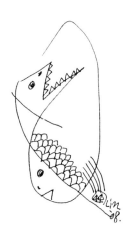

230

隱地很像隱士

淡泊寧靜

231

人不是玩具

也不要把他當玩具

232

放縱的人好比一匹野馬

空有一身力氣

233

適度是個美點

適時表現更美

234

物質是面子

精神是裡子

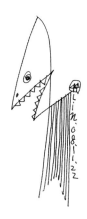

235

多識一個字
多懂一個道理

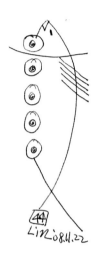

236

烏賊吐出肚子裡的烏水
是為掩飾外表的醜

237

一種自覺比人強的人
那種自覺就是錯覺

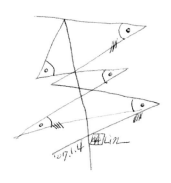

238

人來世上各有各的因果
所以出身長相個性各不一樣

239

人只有一條路
就是向上向上不斷向上

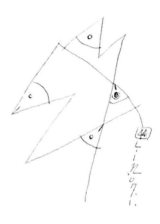

240

人要有一技之長
才能安身立命

2014/11/18

241

你給別人上一堂課
同時別人也給你上一堂課

242

在金龍天子的年代
小腳的嘲笑大腳的

243

種田的不知打漁的苦樂
打漁的不知種田的苦樂

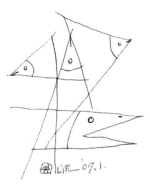

244

最好你能給別人什麼
不要別人給你什麼

245

只有努力充實自己
才能真正站起來

246

先有物質生活
才有感情生活精神生活

247

時空不停地在轉變

人要養成適應的習慣

248

花是花

果是果

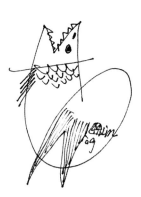

249

冬天有冬天的美
夏天有夏天的美

250

裁判根據遊戲規則
與個人好惡無關

251

能成一個角

一定有功夫

252

上學才能上班

上班才能養家

253

從前人有子萬事足
現代人有錢萬事足

254

辛亥革命
使中國浴火重生

255

五四運動
是中國文藝復興

2014/11/21

256

夫子教人敬鬼神而遠之
我是他的信徒

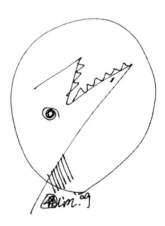

257

記得蔣公去世那天深夜

大家都被一陣奇怪風雨驚醒

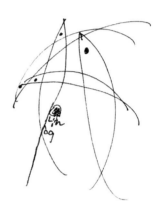

258

我遇過兩個少女被鬼附身

一是上吊後悔一被抓兵討回家路費

259

其實好人好作
作壞要有幾分壞心腸才行

260

自信人人都會投你一票
那是自信心用錯了地方

261

回憶起許多有趣的事

還是很有趣

262

言語傷人

直接到心

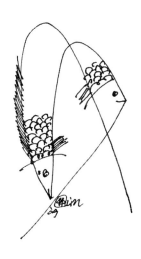

263

笑聲

是防老防病良藥

264

心弦猶如琴弦

要經常適度調整

265

人是這個世界的
這個世界不是人的

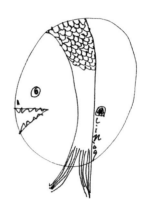

266

人以殺生為生
不知造物主用意何在

267

人知道善惡

是件好事還是壞事

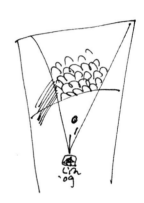

268

道德經

是老子為我們開闢的一塊最美的園地

269

你知道為什麼你看不到天頂嗎

因為天根本就沒有頂

270

誰都不知道下一分鐘會發生什麼事

可是你還是要把幾年以後的事都想好

2014/11/22

271

寫詩要幾分聰明

也要幾分傻氣

272

最感動我的兩句詩是

不經幾翻寒澈骨那得梅花撲鼻香

273

會背幾首詩
境界自然高

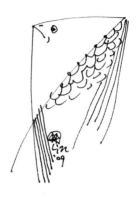

274

最難得的是江山美人
相得益彰的也是江山美人

275

深奧的白話文
並不比文言文高明

276

用文言文作新詩
那才是用舊瓶裝新酒
（舊瓶不是不可裝新酒）

277

詩的種類很多

詩人也是一樣

278

以平等待我

將是詩壇的新憲章

279

詩社是詩人的俱樂部
詩刊是詩人開懇的詩園地

280

胡適說要怎樣收就怎樣種
我說要什麼你就去作什麼

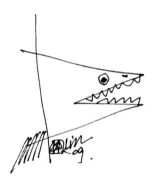

281

不要把希望寄託在別人身上
別人要去實現別人的希望

282

胡適是新詩的老祖
黎錦輝是流行歌之父

283

徐志摩是詩人

也是愛情的勇士和烈士

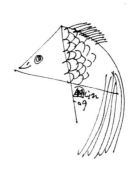

284

陳衡哲是新文學的點燃者

也是新文學第一位女作家

285

國劇四大名旦都是男的
著名鬚生卻是女的

2014/11/23

286

讀過名人語錄
才知道名人之所以成為名人

287

作個寵物看來不錯

不過還是人才能施展抱負

288

大俠式的造反無可厚非

純為私利作亂豈非小人

289

人心一旦冷漠
社會也就僵硬了

290

打開萬花筒（花招）
也就是幾片碎紙屑

291

熱門人擠
冷門人稀

292

有人愛動頭腦
有人愛動手腳

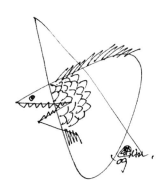

293

打漁的要有一張好網
種田的要有一把好犁

294

出身優越沒有什麼
志向優越人才敬重

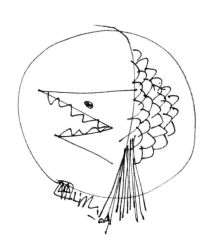

295

拾穗是勤儉的表現

勤儉是一種美德

296

拾穗不是不勞而獲

拾個人的也可以拾別人的

297

拾穗拾回不少青春時光

也拾回不少美好記憶

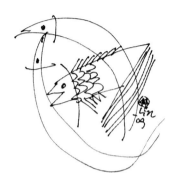

298

你見過時鐘倒過來走的嗎

人也一樣

299

父母緣夫妻緣
是大緣

300

說位子重要的人
絕對不是笨人

2014/11/25

301

被關在牢裡的人如果還不知反省

他一定還有再坐牢的機會

302

黑吃黑

那是小黑碰上大黑

303

差一步趕不上車
差一分考不上學

304

有很多走在前頭的人落到後頭
也有很多走在後頭的人趕到前頭

305

高傲的笑

總有笑不出來的時候

306

得意的時候很容易忘形

失意的時候很容易嘆氣

307

在所有的氣中

我發覺脾氣最壞

308

現實和理想

都在書本裡

309

能創一番事業的人

很像羊群的領頭羊

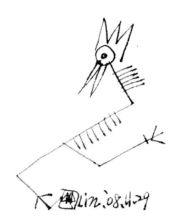

310

一想到每天要殺多少雞鴨牛羊豬

就想問造物主為什麼要這樣

311

到老才知老滋味
讀到書才知書的好

312

歷史是一面鏡子
也是一間教室

313

幕後人有好有壞

狐狸的尾巴一定會露出來

314

政治家

多半是黑厚學學者

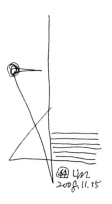

315

吃過草根樹皮的人
淚腺特別發達

2014/11/27

316

人為什麼最美
因為人有情

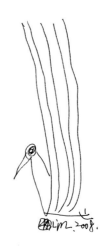

317

一首杜鵑花

給抗戰帶來了希望

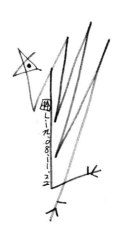

318

上網意瞄尻我是現在流行語

至於跑反流亡克難已經很少有人懂了

319

早晚為自己加加油打打氣

也是一樂

320

能與人和樂相處

比有錢有勢有學問還好

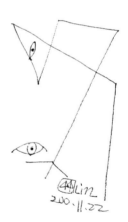

321

學習有專有博

有人背會一部英文小字典

322

夫子之所以是夫子

因為他有朝聞道夕死可以的求知精神

323

隨時隨地學習

是學習的捷徑

324

學習有障礙

就像走路遇到一塊石頭

325

讓自己的興趣

決定自己要走的路

326

學與思

是左右手

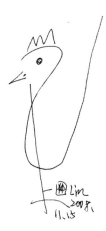

327

生成是個什麼樣是回事
想成個什麼樣又是回事

328

愛山的看到的是山光
愛水的看到的是水色

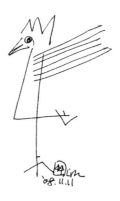

329

老年人的過去多
青年人的未來多

330

現實主義最現實
現代派最現代

2014/12/05

331

李香蘭成名於中國黑夜期

是一朵夜來香也唱紅了「夜來香」

332

中國最著名的一首電影歌曲

是「義勇軍進行曲」

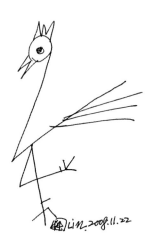

333

中國最著名的兄弟作家是
周樹人周作人 劉半農劉天華

334

作為一個園丁的樂趣是
看到自己的汗珠開花結果

335

拜天地是對的
天地是萬物的父母

336

中國又古老又現代
富強過也窮衰過

337

編故事演故事
都不如作故事

338

思想像水
高處自會流向低處

339

均窮易

均富難

2014/12/07

340

污染農作物的是農藥

污染環境是清潔劑

341

植葬一旦流行
墓園變成墓林

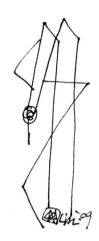

342

只有遊牧民族
還保有畜牧時代一點影子

343

新的不等於就好的

舊的不等於就壞的

344

死最可怕

捨生取義的人還是很多

345

過去的都值得回味

因為都是一生的一部分

346

詩是智慧的花朵

真善美的化身

347

詩是丹藥

能醫憂傷

348

顏色善表現

常常作代表

349

大腦裡有很多寶藏
不要忘記挖掘

350

在小說裡
虛構比真實地位高

351

道德裡有智慧

智慧裡幾乎沒有道德

352

有些東西越新越好

有些東西越舊越好

353

歲月能使好的東西愈好
壞的東西愈壞

354

老是新陳代謝作用
老是一門很新的科學

2015/01/10

355

思想是無形的

在無形中時代潮流緊跟著它走

356

我不是旅人也不是過客

這裡是我的家

357

江水湖水同樣是水

環境不同而動靜不同

358

容易動情

也容易傷情

359

情和義
與生命同價

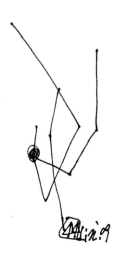

360

社會上各行各業的圈子像水面上的漣漪
但在大風大浪裡卻是一致的

2015/01/12

361

夜是天的皇冠
鑲滿滿星星鑽石

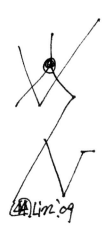

362

珊瑚說
在我枝頭上停的是魚

363

做人像練字

一點也不能馬虎

364

生旦淨末丑

同好不同調

365

我的職業是我的生活
我的事業是我的理想

366

我的享受是成就
沒有成就沒有享受

367

如果你相信輪迴
你就不會離開這個世界

368

天不會依照人意
只有人依照天意

369

有了宗教信仰

人生也就有了方向

370

平靜的生活像平靜的湖水

蘊釋的是靜態美

371

不斷努力的人
他的能力不斷增加

372

數日子像錢
愈數愈少

373

在精神領域最活躍的
是藝術家

374

所謂世界大同
就是文化混血

375

工商社會的孝道
自己孝順自己

2015/01/30

376

看是一行詩
那是一行淚

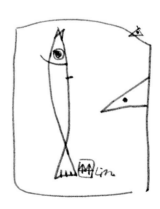

377

十指各有長短
所以雙手萬能

378

長期悲觀
等於慢性自殺

379

我喜歡多數
永遠是多數中的一個

380

新學期的新鮮人
好像新春的小燕子

381

如果我的詩真像一杯白開水

我也就不再為她耽心了

382

光陰放在那裡

那裡就會發光

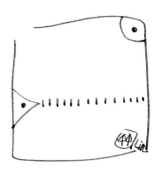

383

哲理是黃金

俗諺是璞玉

384

能為別人着想的人

是高人一等的人

2015/02/15

385

愛惜食糧
就是愛惜生命

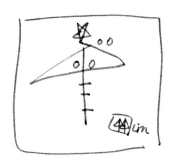

386

天生一些不平等
看人會不會彌補

387

老也很美

是真善美

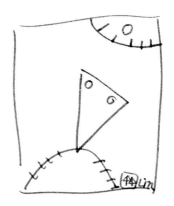

388

道是路

修道即是修路

389

作慈善事業的人
是人中的龍鳳

390

高齡社會
社會穩定

2015/02/20

391

天給人一生
任人隨意過

392

相同的人過相同的日子
不同的人過不同的生活

393

把生活當成藝術的人
是藝術家

394

寫言情小說的人
是跟自己談戀愛

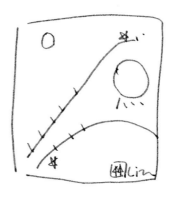

395

一生都在戰場上的人
卻是為了和平

396

所謂人外人人上人
應該是行俠仗義的人

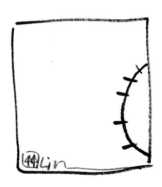

397

語言要美
內在要美

398

語言有知慧
代表內在美

399

新鮮的致命傷

是不長久

400

煩惱像蛛絲網

貼上去很難清楚

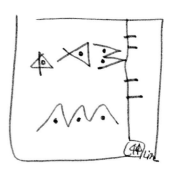

401

人從一個個故事裡走出來
是故事成就了人

402

電腦像快餐
書籍像傳統飲食

403

在我們這個世界裡

還有一個無形的和一個肉眼看不見的世界

404

如果自己沒有更好的想法

照著別人好的想法去作也好

405

如果你還沒有拿定主意作個什麼樣的人
那就決定作個好人吧

2015/02/24

406

靜靜的林間
有鳥語花香

407

看萬家燈火
像看漫天繁星

408

在浪花朵朵的海上
風帆像翩翩的蝴蝶

409

我有兩位老友
經歷使我感慨學歷使我上進

410

我在大提琴上找到知音
在油畫裡找到知己

411

我鄉是一望無際的平原
四季有不同的風景

412

迎春是我們村子一件大事
只見她們頭插紅花身着綠衣緊緊擁抱一起

413

我家門前的小河

一年到頭唱着細水長流的歌

414

不像詩的新詩

是現代詩

415

人的可貴在於有思想有記憶
有理智有感情

416

作人有三有
有血有淚有骨頭

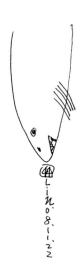

417

凡是字典上有的字
都有這樣東西

418

詩的語言少
言外之意多

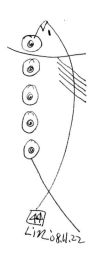

419

讀詩讀出梅花香
那是讀到家了

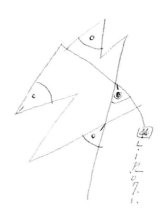

420

人的一生
很像氣候

2015/02/30

421

一群人要像一把筷子一樣有群性
也要像一把筷子一樣容許有個性

422

凡是到達目的地的人
都是勝利者

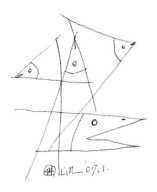

423

過了雨季

便是花季

424

在高處的人

一天到晚在雲霧裡

425

沒有討價還價的學習
只有不折不扣的努力

426

寧吃有成就的苦
不享受沒出息的福

427

人有活的權利
也有死的義務

428

人能發明一個天堂
就能創造一個地獄

429

人在飽的時候是一個想法
餓的時候是另一個想法

430

人的個別差異
十萬八千里

431

人人都想有個美好的未來

就看你去不去作

432

人的成長

正負面都有

433

人像氣球

不能太過自我膨脹

434

能感動天地的

是孝是愛

435

一杯苦茶
愈往後愈苦

2015/03/10

436

真正的愛情花朵最美
而且永不凋謝

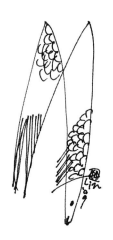

437

真正的愛情果實最甜
苦的是假的

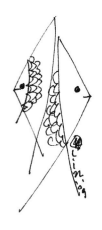

438

樹為鳥而生
鳥為天空而生

439

春天的花
是在冬天孕育成的

440

不同的人
很像不同的書

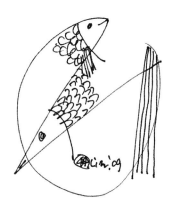

441

心裡有希望
臉上會發光

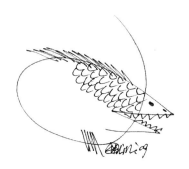

442

昨天是昨天
今天是今天明天是明天

443

人再好

不如有錢有勢好

444

明天

是我們面前的一盞燈

445

唱高調的自己知道
自己唱的是高調

446

自知曲高和寡
就該降低曲調

447

看到別人
也就看到自己

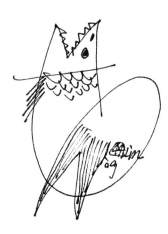

448

大魚大肉是享受
曬曬太陽吹吹涼風也是享受

449

絕望是懸崖
不可在此久留

450

老人
是年輕人的一面鏡子

2015/03/15

451

我喜歡給自己打分數
有時多給幾分鼓勵自己

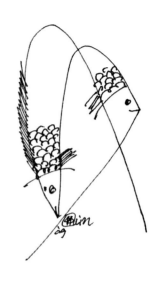

452

裹過的沒裹的放大的都是腳
有韻的無韻的文白加雜的都是詩

453

脂粉調不出
和顏悅色

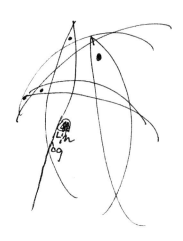

454

帶淚的笑
像雨中的虹

455

現在是你高
他超高的年代

456

愛惜時間最好的方法
就是好好運用它

457

好的想法
是好的開始

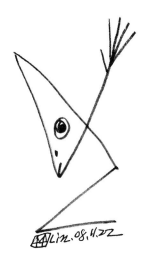

458

紅黃藍白黑
各有各的美

459

攻城有攻城的方法
守城有守城的本領

460

有一天
衰老也會打預防針

2015/03/20

我是第一個受益者
——編校詩人舒蘭兄《拾穗集》兼跋後記

林煥彰

　　詩人舒蘭兄旅居美國舊金山近二十年，因為詩的緣故，我們是在上世紀六十代末相識，在七十年代初，一起和另一位年齡都比我們兩個稍長些的、已故詩人薛林先生，共同發起成立了布穀鳥兒童詩學社，創辦、發行了《布穀鳥兒童詩學季刊》，推動、影響了台灣兒童詩的創作、教學和研究；我們三位傻子一樣，也像是鐵三角，結合得很好，很緊密、很認真的為台灣兒童詩的發展，做了一些事。

　　這本《拾穗集》的出版，我受託為舒蘭兄接洽、編印、校對，是十分榮幸的，他信任我；但我任事不夠積極，一拖再拖，整整耽誤了兩年，從2015年3月20日他寫完最後一則，到我在上個禮拜才幫他看完了二校的工作，實在不應該，對不起老朋友，也對不起自己！

　　舒蘭兄完成這本《拾穗集》的寫作，是滿特別的；我是他的第一個讀者，我知道他是怎麼完成的，每讀一次，我都會打

從心底裡興起一股尊敬、欽佩之意的熱能，充滿全身，渾身是勁；每讀一次，我都會受到他很大的啟發，這是舒蘭兄的為人特質所產生的、智慧之詩的魅力，給我的感受，我獲益最大，收獲總是滿滿的。

說舒蘭兄是老友，也應該說他如我的兄長，他旅居美國那麼久了，仍然和我保持聯繫，信任我可為他做這件出版的事。他這本著作《拾穗集》，是屬於智慧之書，也應該說是屬於智慧之詩；每一則都是兩行，總計四百六十則，等於四百六十首晶瑩剔透的小詩，每首兩行；我喜愛這樣的小詩。

這樣的一本智慧之書的詩集，我認為是十分珍貴的，不僅因為它是舒蘭兄在克服雙眼幾近全盲的情況下，仍然執筆寫作，而且是很有效率的、只在短短的半年左右，就完成它；自2014年8月22日寫下1至24則，以第一批航空郵件從他旅居美國的舊金山寄給我，之後每隔一周或十天，我又可以再次收到他新寫的十餘二十則，一直持續到2015年1月12日，他寫了第360則，他給我的信上說：夠了，就這樣出一本書應該可以吧！又他說：眼睛不行了，也應該打住！我接信後回他，我認為他這份精神是太了不起了！而且也寫得好，還有他有很豐富的人生閱歷，以及個人獨特的天賦、一生好學，有極豐富的知識、

很好的修養、智慧和感悟，是值得繼續寫。於是他接受我的建議，從同年1月30日到3月20日，他又陸續每周寄我一封或兩封航空郵件，並一口氣寫下補《拾穗集》第100則〈有一天／衰老也會打預防針〉為止，是有多麼了不起的精神和毅力，才能有如此獨特的表現。而我也很有福氣，每個禮拜定時的、可以收到他的航空信和稿件，有機會第一個拜讀他的新作，受到他的啟發、激勵和影響之大，我在這段期間，無形中自己也不知不覺從他感受到了無限大的正能量，跟著他勤快的寫了好些東西。

《拾穗集》的這本智慧之詩，每一首我都是第一個讀者，所以我是不折不扣的第一個受益者；從他的460則智慧之詩中，一則一穗，穗穗粒粒都是飽滿的人生智慧的結晶，舒蘭兄謙虛自稱這本著作是《拾穗集》，其實他如一忠厚樸實的老農，也是一位無欲無求的知者，這460則，無一字不是因為他經過八十多年漫長歲月勤勤懇懇的歷練，灑下鮮紅、滾燙的血汗，刻苦銘心、體會人生、認真學習、勤奮耕耘所得而奉獻出來的，字字、粒粒都是辛苦的出自他一生作為一個詩人、一位教師並長期默默埋首從事新文學研究及民間歌謠、史料蒐集和整理中，他是如何熬過而內化、淬煉取得了人生最珍貴的菁

華，我有幸作為第一個讀者，我從他學會了不少足可借鏡的普世的道理，和一些不易得到的人生經驗、知識和智慧，我是應該在這裡，率先表達我對他敬佩和由衷的感激。

在這裡，我回頭重讀、從他的第一則開始，我想我們一起來讀他，看他如何以他的詩人和智慧的長者的身分，他是怎樣的親切、和藹、平易近人的，和我們分享了什麼？

（1）

晚風拿一枝蘆葦畫筆

靜靜地描繪夕陽

（2）

夜像一群孔雀

星星是牠們羽毛上的眼睛

（7）

名利清高

同樣都怕炫耀

（8）

經驗在現代

有效期越來越短

（9）

銀行裡有錢

書本裡有智慧

我引用了這開頭的數則，我想我們就足夠可以了解了詩人舒蘭兄寫作這本《拾穗集》的用心、意義和價值在哪裡？我希望有機會讀到這本書的朋友們，也能夠像我一樣喜愛它、珍惜它，並且也能有機會和其他的朋友，尤其是年輕一代的朋友們分享；讀它，靜靜的讀它，可以肯定的，你就可以提早十年、二十年、三十……，多獲得了人生的無價之寶。

（2017.03.29青年節／21:16研究苑）

讀詩人108　PG1708

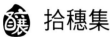 拾穗集

作　　者	舒　蘭
插　　畫	林煥彰
責任編輯	盧羿珊
圖文排版	楊家齊
封面設計	葉力安

出版策劃	釀出版
製作發行	秀威資訊科技股份有限公司
	114 台北市內湖區瑞光路76巷65號1樓
	電話：+886-2-2796-3638　傳真：+886-2-2796-1377
	服務信箱：service@showwe.com.tw
	http://www.showwe.com.tw
郵政劃撥	19563868　戶名：秀威資訊科技股份有限公司
展售門市	國家書店【松江門市】
	104 台北市中山區松江路209號1樓
	電話：+886-2-2518-0207　傳真：+886-2-2518-0778
網路訂購	秀威網路書店：http://www.bodbooks.com.tw
	國家網路書店：http://www.govbooks.com.tw
法律顧問	毛國樑　律師
總 經 銷	聯合發行股份有限公司
	231新北市新店區寶橋路235巷6弄6號4F
	電話：+886-2-2917-8022　傳真：+886-2-2915-6275

出版日期	2017年5月　BOD一版
定　　價	300元

國家圖書館出版品預行編目

拾穗集 / 舒蘭著. -- 一版. -- 臺北市 : 釀出版,
2017.05
　　面；　公分. -- (讀詩人 ; 108)
BOD版
ISBN 978-986-445-194-4(平裝)

851.486　　　　　　　　　106004335

讀 者 回 函 卡

感謝您購買本書,為提升服務品質,請填妥以下資料,將讀者回函卡直接寄回或傳真本公司,收到您的寶貴意見後,我們會收藏記錄及檢討,謝謝!
如您需要了解本公司最新出版書目、購書優惠或企劃活動,歡迎您上網查詢或下載相關資料:http:// www.showwe.com.tw

您購買的書名:_____

出生日期:_____年_____月_____日

學歷:□高中 (含) 以下　　□大專　　□研究所 (含) 以上

職業:□製造業　□金融業　□資訊業　□軍警　□傳播業　□自由業
　　　□服務業　□公務員　□教職　　□學生　□家管　　□其它_____

購書地點:□網路書店　□實體書店　□書展　□郵購　□贈閱　□其他

您從何得知本書的消息?

　□網路書店　□實體書店　□網路搜尋　□電子報　□書訊　□雜誌

　□傳播媒體　□親友推薦　□網站推薦　□部落格　□其他_____

您對本書的評價:(請填代號　1.非常滿意　2.滿意　3.尚可　4.再改進)

　封面設計____　版面編排____　內容____　文／譯筆____　價格____

讀完書後您覺得:

　□很有收穫　□有收穫　□收穫不多　□沒收穫

對我們的建議:_____

_____

_____

_____

11466
台北市內湖區瑞光路 76 巷 65 號 1 樓

秀威資訊科技股份有限公司　　　收

BOD 數位出版事業部

....

（請沿線對折寄回，謝謝！）

姓　　名：＿＿＿＿＿＿＿＿＿　年齡：＿＿＿＿　性別：□女　□男

郵遞區號：□□□□□

地　　址：＿＿＿＿＿＿＿＿＿＿＿＿＿＿＿＿＿＿＿＿＿＿

聯絡電話：(日) ＿＿＿＿＿＿＿＿＿＿　(夜) ＿＿＿＿＿＿＿＿＿＿

E-mail：＿＿＿＿＿＿＿＿＿＿＿＿＿＿＿＿＿＿＿＿＿